ポケットに

朝倉恵子

Parade Books

目次

I

声がきこえる　11
夏がきている　13
振り子時計　16
小さき冬　20
冬至　24
照り返す道　26
指で確かむ　28
風に吹かれて　31
駅をゆく　33
茶目おやじ　36
んだんだ秋田　41
軍艦島　43

リハビリ　45
りんごが香る　47
母のかたち　50
鯛の目玉　52
三ツ矢サイダー　55
ごめんね　57
足の裏にも　59
桜が咲いた　60

Ⅱ

新プラン　65
お風呂が沸きました　67
目が合う　69

３・11　72
千年分　74
大阪城　76
コスモス　78
鹿の鼻　80
こだま　82
カモメ　84
ポケットにしまう　86
丸子船　90
アマビエ　92
夏の音　95
２０２１　東京五輪　97
ジョーがたっぷり　99

ペイペイ 101
星をかぞえる 103
星の降る里 105

III

水を飲む 109
温きスープ 111
動きだす 113
十一年目 114
自画像 116
女ふたり 118
電話ボックス 120
忘れないで 122

光のなかに 124
手のひらがある 127
シャッターを切る 129
「38便存続を」 131
大阪のてっぺんへ 133
ガラガラポン 139
小さな命と 141
改札口 144
水の色 146
鳥のくる場所 149

あとがき 152

I

声がきこえる

辻あれば曲がりたくなる小路かな導くようにまた辻がある

いつも立つ赤いポストは町内のおじさんのごとし声はかけぬも

たしかここに肉屋があった駅前の路地を通ればすれちがう風

寺庭に働く人が弁当をあける陽だまり声がきこえる

気にしない素振りが上手い鳩の群れムリッムリッと幼が歩む

学校はこんにゃく橋を渡りゆく部活を終えた生徒が渡る

立札は「自転車、バイク押してください」こんにゃく橋は歩いて渡る

夏がきている

一階のたっぷり明るい広場には古書のバーゲン浮島のごと

明るくて影も見えない迷い子のアナウンス流る一階広場

エコバッグ提げてデパ地下廻りたり魚のような気分になりて

蜘蛛の巣の朝日を帯びて透き通る物干し以外でよかったものを

一日の動きだす音キッチンのゴミをあつめる蛇口をひねる

お向かいのデイサービスの送迎者この頃見ない　夏が来ている

窓からは促すように蝉の声蛇口ゆるめて麦茶を冷やす

いつどこで貰いしものかいくつもの団扇《うちわ》の中のひとつであおぐ

振り子時計

玄関の壁に掛かりて三十年時計はゆっくり老いてゆくなり

掛け時計の文字盤白し昨日今日すこし遅れて時を刻めり

コツコツと振り子時計の三十年一度だけなぜか動くのやめた

おもむろに「やってみましょう」時計屋の主《あるじ》の言葉に救われている

二丁目の空の下には買えるもの買えないものの混ざり合いたり

夕暮れの駅のまわりに漂える人の体温暮れ残りたり

修理より戻りし時計壁に掛くコチコチコチと息がきこえる

物干しの乾きたるシャツ取り入れて春の匂いを畳んでおりぬ

選挙カー二丁目沿いに呼ぶ声が雀も鴉も蹴散らしてゆく

シャッターを閉めて一年主《あるじ》亡きタジマ時計店の看板のこる

夕暮れを打ち返すごとバット振るソフトボールの女子たちの声

いつよりか看板消えし時計店土鳩がドポポ乾いた土に

小さき冬

早朝の平野神社に参りたり社《やしろ》は露を帯びて立ちたり

病室にカップを並べ茶を注ぐ父ぎこちなく母の手術日

母の声手術の日にもその声の裏表なく菜の花のごとし

手術室扉に影を宿すごと声が漏れくるははそはの声

漂いて今し麻酔の夢の中オホーツクの氷を砕く

食堂の窓から見える小さき冬縦列駐車の直線冷える

病院に向かって歩む父の脚ぎくしゃくとして坂を下《お》りゆく

点滴は西の窓辺に光りおり母の寝息のしずかにつづく

眼裏に平屋、板塀、鬼ごっこわれより大きいひまわりの顔

「しっかりと食べているの」と母の声点滴挟んで父は頷く

三分の一の胃の腑のいとしかり豆腐一匙母は食みたり

うんうんと父の話を聞きおれば医者のようだと父は笑いぬ

ベランダに午後の日吸って白いシャツ父の肩幅風に揺れいる

冬至

冬至だぞ夫は言いたり職退きてテレビに反応すること多し

下駄の音近づいてきて下駄の音二歩先をゆく寺の階段

水際の草のほとりに人居りて声する方に鯉のあつまる

参道に泳げる冬の金魚たち粉雪水に届かず消えぬ

今年こそと書かれてありし年賀状会えない時間がしずかに積もる

照り返す道

この四月介護保険が走り出すスローに歩む人を尻目に

「住むとこはここしかあれへん」トシさんの手に馴染みたる湯呑みがありぬ

汗の粒顔に浮かべて向き合えば老身伸ばしティッシュをくれる

携帯と共に言葉をしまいたり照り返す道また歩き出す

五月山《さつきやま》は駅舎の屋根によく似合う力を抜かず力を溜めず

この時間久しぶりだね友といて電車の窓に夕日が映る

夕方の灯りのたまる台所キュウリかタマネギ刻んでいるらし

指で確かむ

体力に素直になりたる父と母庭に今年のギボウシ咲けり

年ごとに食みしエンドウ旨かりし今年限りと聞けばなおさら

「豆ご飯弁当にしたよ」夏至の朝そうかと父の短き返事

ローヒール外側ばかりすり減ってしみじみと見るわたくしの癖

年ごとに墓に参りてこの秋も手を合わす母小さくなりぬ

おじさんをわれは知らない　母の上にすぐ下に居りし兄と弟

墓石に刻める名前は孟《たけし》、明《あきら》、生きし証を指で確かむ

明日には枯れてしまうや紅き花明かりのように二束供う

乾きたるバケツに水を注ぐとき眼《まなこ》も満ちてゆく心地せり

白雲のネズミがウシを追っている空の気まぐれ清々しくて

風に吹かれて

カイモンダケ、カイモンダケとガイドの声大型バスが進むにつれて
てっぺんに雲のかかりて開聞岳、薩摩半島南端の空
東方の空へ綿毛の飛んで行く古きピアノの音色のような

茶畑の命ふくらみ　ボブ・ディランの風に吹かれて伊右衛門を飲む

駅をゆく

柿の実が霜より冷えて道に落つ水底のごと大地がありぬ

吐く息のスウスウと消える今朝の駅八時十分発を待ちおり

改札を出《い》ずれば朝の歩幅あり同じ人《おんな》にいつも抜かされ

ピカソ似の靴の修理屋このところ姿を見せずぽそっと日溜まり

楽隊のまわりにショート、ロングヘア、角刈りもおり足を止めいる

踏切を渡りきれない人ありて花束ふたつ置かれてありぬ

道端に供えられたる花束のひとつひとつの花にお日様

「えらいねえ」電車の中の盲導犬慣れた顔して見られておりぬ

献血車下り来る人が一パック卵を受けとるコープの前に

駅前に「あなたが乗らなきゃなくなるよ」バスの看板本気で立ちぬ

茶目おやじ

耳澄まし晩夏の花火聞いているひと粒ぐらいこぼれてこぬか

夕食の匂い漂う北病棟点滴、ゴム管、父はまどろむ

この頃は時計のバンドゆるくなり肘のあたりで時を刻めり

白き壁白き天井咳二つすればその声たしかに父だ

腕時計かざして唯一答えたり「十一時五分あっているか」

病室の壁にもたれている杖よ今日も出番はなさそうな杖

歩くときは忘れず付けし腕時計帰りはほぼほぼ予定通りに

黒ペンで距離と時間と今日のコース文字びっしりと父のカレンダー

ふくらはぎ透き通るほど細くなり坂を下りし櫂漕ぐように

こつこつと振り子のようにわたくしの生まれる前の昭和を生きて

見栄っぱり器用びんぼう茶目おやじ　ついに戦争を語らず逝きし

蝉の脚礼儀正しくたたまれて腹向けており遠くの空へ

八月の窓のしずけさ透きとおるむこうの雲がこちらを見てる

メロンパンふた口食みぬカナカナのふいに混ざりてまた食みにけり

戻れない夏とぞ思う　ほおずきの種ぐちゅぐちゅと取り出していた

ひとつだけ父に似ている　ドラマ見てたまに涙を流しているよ

んだんだ秋田

炎天の田沢湖町立潟《かた》分校九十年の樅ノ木の幹

廃校の黒板、椅子にいるわれら小学生の目になっている

白よりも真っ白な雲　ほおずきをぴいぷうぴいと吹き鳴らしし日

バスガイドの方言自慢心地よく「んだんだ秋田」一つ覚えぬ

「どれを食べてもうまかった」秋田大会締めの言葉は佐佐木幸綱

軍艦島

鉄筋は空へやっとこ立っておりくしゃみをすればグニャッと歪む

上陸の廃墟にだれも近づけぬ人の数だけ影の動けり

模型には学校病院マーケットあれども墓地は見当たらぬなり

屋上に菜園ありき菜園は灯火《ともしび》のごと葉を広げしか

軍艦島は海に沈んでいるごとし風がしみ波がしみいてとおい

リハビリ

昨日の膝の角度は七十度今日の頑張り七十一度

首筋に汗びっしょりと目覚めたりまるで一晩歩いたように

入院の備品が増えて今朝の窓ハミガキ一本使い切りたり

バックして方向変える技に慣れ車いす漕ぐ　八月の窓

夏の日を子供のように浴びている　水遣り、蛙、汗、蝉の声

しんとする朝一番の食堂に幼い日々を語る老女《ひと》ふたり

稲妻が止み雲が去りゆっくりと足を伸ばせり風にしたがい

りんごが香る

駅前のスーパー消えてまぶしかりポイントカードが財布にのこる

枯草を引けばありありあり音たてて根っこあらわる土をこぼして

撒かれたるホースの水の良く伸びてしばらく水に憧れている

灯《あか》りより明るく秋刀魚の香ばしく皿にのりたり尻尾は食み出し

玉ネギのスピード料理出来上がり色さびしくてエンドウ散らす

いま鳩が手品のように出てきそう風、月もなく真っ白な空

畳の目数えるように見ておればじっと奥から見られいるかも

乾麺がたしかここらにあったはず薄暗がりにりんごが香る

母のかたち

一つ干し一つ休んで丈低き物干し母のかたちが並ぶ

母の髪の寝ぐせ撫でれば思い出す子供の頭なでし手触り

後ろ向き前向きでもなくまっすぐにゴーヤはゴーヤ母の小庭に

なんでやろ母は呟くなんでやろ太ももの骨たやすく折れて

車いす拒まず母の渡る橋まばらなもみじ踏みゆくもみじ

母の昼テーブル挟む距離ありてわれサクサクと食べるレンコン

「またくるね」今日あと少し明日もまた夕焼け小焼けのように別れぬ

鯛の目玉

煮凝りを温めている鍋の底に鯛の目玉の現れてきぬ

雪が雪呑み込み今朝の窓白し電線まっすぐ空に響けり

冬将軍びくともせずに三日たつ母の吐く声か細くなりぬ

母の肩さらに小さく一月尽誕生日前に贈る襟巻

うす青きしずけさ朝の自販機は背伸びしており日を浴びており

恵方巻三本買ってこのゆうべ北北西を確かめている

恵方巻の干瓢、玉子、椎茸がいいあんばいに折り合いつけて

水ぬるみ足の動きのやや増えて母の厨のどこか明るし

「ここはまだ咲いているんや」まなかいの散り残る花を母と見ている

三ツ矢サイダー

向かい家の犬の散歩の時間きて洗濯物をわれは取り込む

冷凍庫の中に眠れる焼き餃子取り出し時間をスタートさせる

一日を好みのままにかき混ぜるじゃが芋、にんじん、ルー匂い出す

裸木のごとく背中を手を伸ばす三ツ矢サイダー飲みたい夕べ

姉よりのレターパックが届きたり列をみださず干し芋ならぶ

ごめんね

痰にむせ真白き顔のやや火照る生きていればこそ力溜めいる

「先生なんて言ってたん」か細くも燃えつつ母は今日を歩めり

病院の出口に立ちてみまかりし母を見送る兄と二人で

息細る母に「山がきれいね」と言いたり　ほかにはなにも言えずごめんね

足の裏にも

本堂の畳に春の和み見ゆ足の裏にも伝わりてくる

目に映る桜の蕾の思慮深く風をかぎいる午後の山門

かざぐるま百の仏と肩並べまわってまわって時折り止まる

桜が咲いた

じっくりと莟に花を探す人いいねいいね待たれて桜

城山の山の裾野のひとところ一番乗りの桜が咲いた

泣き出しそう噴き出しそうな桜の木むずむずと山動きだしたり

満開の花に囲まれ「駐車禁止」横看板はえらそうにいる

隣家の庭に立ちたる桜の木家の年月ほどの太さに

電線に姿を見せて鶯は鳴いているなり母かもしれぬ

Ⅱ

新プラン

新プラン掲げて電気を売りに来るうそまかり通る四月一日

愛想よき保険屋さんは老い先をわれより先に気にかけており

混み合っていますとテープの声がして何も言えないようにできてる

無造作に増えて今では気にならぬモジャモジャモジャモジャのＱＲコード

新聞をめくれば踊る詐欺の文字　だいじょうぶだよ私に限って

お風呂が沸きました

うしろから親切な声聞こえ来る「只今お風呂が沸きました」

暑くても寒くても椅子食卓にありてわれとの長い付き合い

大根は剝いても切ってもただ白い色の重たさ手に量りおり

お互いに引き出しあっている最中鍋の具材のぐつぐつ煮えて
控えめにピッピッピッと鳴る音をレンジと気づくまでの集中
白菜を洗えば双手《もろて》も洗われて白菜の気持ち解ったような

目が合う

健さんの似顔絵道に立てかけてどこかゴッホのようなおっちゃん

アーケードの向こうに伸びる通天閣夜になってもお日様のよう

ビリケンさんに注ぐ眼差し関西人外国人も同じ眼《まなこ》に

ご利益があったらよいがなくてもよいビリケンさんの足の裏撫ず

ささやかな抵抗なりやキリン、ゾウ、尻ばかりみせて午後の楽園

水の輪も水に埋もれぬすっぽりとカバ水中の春を楽しむ

シロクマはひとりであそぶ時々は人に応えて水に飛び込む

たっぷりと午睡をしているライオンの寝返り打てば瞬時目が合う

3・11

大阪梅田にて

何か深くえらい力が働いてビルのてっぺん揺らし始めつ

揺れつづく立てず進めず三十階　われにできるはただ祈ること

見下ろせる大阪の街川幅に寄り添うようにビルの集まる

地震《ない》止みて一歩一歩と階段を下りつづける三十階より
地下からの深き凄みを感じつつ舗道を歩く地に足着けて

千年分

なかなかに進まぬ境内ワンコインにぎりて託す千年分を

両手ほど願いはあるが手放して一つに絞る一願仏

人数に制限あらず賓頭盧《びんずる》さんのテカテカ光る膝を撫でおり

新年の目的果たし帰る道夫と味わう玉こんにゃくを

大阪城

春らしき風船飾りポンポン船川の眠りを起こしてすすむ

川の面に影のくずれる桜かな散りゆくほどに姿が見える

時々は風に逆らう仕草して桜の心はつかみきれない

裏返り干さるるボート明るさを押さえて川の岸辺にありぬ

花七分残る広場に屋台見ゆ夜の準備をしているらしい

信号機にとまって見られいることは快いのかねえ雉鳩よ

計略をめぐらし立つやビルディング大阪城より高く聳えて

コスモス

自転車屋の奥から聞こえし犬の声今も元気な犬の声する

間口より奥がすぐ見ゆ自転車屋人影ひとつ動いておりぬ

おっちゃんは古きバイクとにらめっこ獲物に向かう猟師のごとく

耳少し遠くなったかおっちゃんの低きガラガラ声は変わらず
路《みち》まがり片陰ゆけばコスモスのぱらりぱらりと咲いてる空き地

鹿の鼻

カサコソと靴の乾けり踏むほどに軽くなりゆくたぶんこころが

二月堂の休憩室の流し台ひとを待つごとヤカンがありぬ

手を伸ばせばたやすく触れる鹿の鼻手を触れないでこの距離がよい

呼ばれてもないのに返事したくなる廻廊にかすか時の匂いの

字余りのような小道を曲りたりひらりひらりとわれも歩めり

声がしたわけではないが足が向く無人販売小粒のみかん

こだま

終点の妙見口に近づけばホームにダリア赤く黄色く

日頃せぬ昔話を友はせりぽつぽつぽつとむかご摘みつつ

アワダチソウ手を振るように揺れているバイクで走る禰宜《ねぎ》さんの背《せな》

ケーブルをそっと見ている雌の鹿この頃増える畑の被害

じっくりと無声映画を見るごとく白きリフトに運ばれてゆく

バーベキューテラスに鴉、早業に大きな息子が本気になって

離れゆく鴉を追ってあほーっといえばこだまがかえってきたよ

カモメ

それらしき人に抱かれて浄瑠璃の父《とと》さまが手をふる福良港
春の潮汽笛が上るおもむろに船近づいて離れてゆきぬ
胸に満ち引いてゆくもの空っぽの器のようにゆられておれば

髪も目もデッキに吹かれ欲しいものたんとありしがこれでよいかな

エンジン音波にこぼれて追いかける水の緒白く付いてくるなり

カモメたちカモメの声で呼び合えるついでにわれも呼ばれているや

ポケットにしまう

目印は湯屋の煙突「竹炭風呂、日、木、休み」黒文字で現在《いま》

つわぶきの開く通りよわれの影あっさり消してマンション聳ゆ

この道は「おやじが毎日通ってた」兄の背中の近くてとおい

通勤の父見送りし路地なりし　テニスコートの平面まぶし

ほそくながく背より届きし母の声「子捕りがくるよ」夕日が沈む

このあたりにわが家があった　過ぎてゆく車見ており子供のように

海ありて海を見ている　なぜかしら「瀬戸の花嫁」口ずさみつつ

いつも来ているやカモメが飛んでおり空にある道カモメがとおる

鮮やかな銀杏の葉っぱ一つだけ拾いて眺む眺めて捨てぬ

映画では草笛鳴らす男いてツユクサの葉は唇のごとし

かくれんぼの鬼が呼んでる　ブランコもメタセコイアも雲に向かいて

野良猫がぴーひゃらぴーひゃらついてくる愛想なしのわたしでごめん

様変わるわれのふるさと駅前の祭りのチラシポケットにしまう

姫路には知る人だれも居らざるもまた歩きたし風を求めて

丸子船

一枚の写真の中の丸子船花嫁とその父母乗せて

米俵、ニシン、海藻、錦織、人も運びし近江の海

集落の窓は入り江に向かい立つ菅浦浜の銀色の湖《うみ》

集落の林に続く階段の行きつくところお社があり

葦《よし》という呼び名のやさし葦の群れ刈り取り作業のまだ途中なり

今津浜「われは湖の子さすらいの」若き作者の石碑が立てり

アマビエ

この町の第一号にならぬようわれの緊張マスクに包む

濡れた髪とがった嘴「アマビエ」の名画が並ぶスマホの画面

家の中ばかりもあかんトンカツを食む人の声われにも届く

どの店もマスク完売われの背で父のようなるくしゃみが三度

元気でねと手作りマスク届きたり白い封筒カモメのような

ないもののないだけ見える店の棚ああすっきりと明かりが占める

心には小さな関所、県越えのこれからゆくとこ吟味している

命令でもお願いでもなく一枚のはがきは講座の中止を知らす

夏の音

色どりのポコポコ並ぶデパートの帽子売り場にある夏の音

改札の南通路に箱置かれ白き糞受くツバメは不在

何もせぬために来ている広場には誰もが夏の帆およがせている

ひりひりと沁みる中指わたくしのなかで最も澄みいるところ

トンネルを包囲している蝉の声　いきているんだいきているんだ

２０２１　東京五輪

勝って泣き負けて泣く人言葉には手触りありてあたたかくなる

この夏の五輪と自粛いつになくアッとかオッとか感嘆しきり

感染者と金のメダルは過去最多五輪とコロナの熱き夏の日

第四波第五波がきた　サーフィンの銅のメダルに金色の髪

酒飲まぬわれの楽しみ類さんの「酒場放浪記」に酔っぱらってる

「生きるためコロナも必死になっている」僧侶は額の汗ぬぐいつつ

籠城のあたたかきものこの夏はみそ汁一杯食卓に足す

ジョーがたっぷり

真っさらな尼崎城一筋につづく商店坂のない町

電線の影のつながる路地入ればわれを遠目に猫が横切る

電線に留まるものなし日盛りの光が眩しすぎて空っぽ

寺庭にビルディング見ゆ紫陽花は静かなる対となりて藍色

百円玉自販機くぐった体当たりしながら一本アルプスの水

特製のだしにたこ焼きおっちゃんの気構えこもる七つ百円

尼崎はジョーたっぷりの城下町人情、冗談誰にも負けへん

ペイペイ

発音を娘《こ》に直されつペイペイはついペエペエと思ってしまい

地に足がついているかなエコバック抱えてバスの深くに眠る

Ｐａｙｐａｙの旗揺れているハイハイと乗ってゆけないそれでもよいか

あるから寄ってみたくなるコンビニの先にコンビニ灯りのともる
たこ焼きのタコを省いて食べるごとモニャモニャとしてモヤモヤなこと

星をかぞえる

雨の音ばかりの昼間ガラス窓も街も一緒に丸洗いして
神戸行き九分遅れるホームには九分ぶんの人の満ちいる
できることとできないことをあっさりと区別しているわたくしがいる

追いかけることはしないか亀さんの甲羅ポシャリと池へ飛び込む

今晩の星を数えて帰りたり値踏みしているわけでもないが

星の降る里

天の川伝説のある大阪交野市にて

砂子坂《すたこさか》てくてく歩き天の川逢合橋《あいあいばし》は日盛りの中

月と日を逢合橋に見送りて立つ歌碑今日も笑っています

砂子坂交差点へと押し寄せるエンジン音が人声奪う

天の川を辿りてゆけば道のあり銀河をわたる風のトンネル

トンネルの陰に憩えり「京へ五里大阪へも五里」まずは伊右衛門

天の川をめぐりめぐって草木の命に触れる水の匂いす

橋梁に鳩が集まり涼みする千年前から変わらぬように

III

水を飲む

堤防の石段誰かのものならず鳩集まりてひなたぼこする

どすこいと体の芯をたしかめるなるほど揺らぐ気配はしない

娘はわれに「肩が小さくなったよね」見ているじゃない見てないようで

足つかぬ深さまで来て目を覚ます泳いでゆけるわれならよいが

気が付けば三月一日、日曜日切りよし今朝のバターが香る

三月の鏡に映るわれの顔何か足らざり水飲んでみる

玄関に座りたる猫姿勢よし人の目をしてわれを見ている

温きスープ

おだやかな日差し集まる冬帽子出船がポーと三回鳴りぬ

海を見る人の背中の動かざり何かがそっと寄り添っていて

冬晴れの船の舳先の女神像錨を下ろし乾きゆくなり

教会の鐘ゆっくりと鳴り出《いだ》し横断歩道の風を薄める

だんだんと元気になりたる目玉かな温きスープを味わいながら

動きだす

イカナゴ漁解禁となりムクムクと動き出すわれ春始まりぬ

イカナゴを煮れば親しき人の顔浮かんできたり声も聞こえる

オクターブあげて開花を知らせれば今日の夫はわれに素直だ

十一年目

姉とわれ幸子、恵子と名付けられ昭和、平成、令和をあゆむ

父逝きて十一年目われが知り父が知らないこと増えてゆく

油切れのような摺り足ロボットがランチ定食一人で運ぶ

丸き背《せな》まるく並びてファミレスに夫はドリア妻はスパゲッティ

見えるもの見ているファミレス傘を手にひと入りくれば外は雨かと

ビニールの傘をかざして春雨を見ているわれの目は水の中

自画像

老いたりし三十五歳のゴッホかな自画像前でにらめっこする

「糸杉と星の見える道」の前に立つ絵の中の男二人も立てり

苗の名はいまだ思い出せぬまま二メートルほど空に近づく

枇杷の実は鳥に喰われおり唐揚げの上手な揚げ方今日の収穫

今までとこれからのこととりあえず両手に二キロのダンベル握る

女ふたり

たんぽぽの茎をくわえて息ふけばプスップスッと風が生まれぬ

女ふたり風待つように花の下楽しすぎる　寂しすぎる

川の瀬に浸って飽きて羽広ぐカラスの行水まだ終わらない

神様の昼寝を覚まさないように黄色くふかく広がる菜の花

電話ボックス

駅の隅に善意の傘の並びありひとつを借りるパン屋に寄りぬ

ひとり言なんでも聞いてくれそうな電話ボックス歩道に立てり

月と日に運ばれながら駅前の「ウネノコーヒー」知らぬ間に消ゆ

幟には「近日オープン」駅前のその後が雨に洗われており

忘れないで

今ここで働いてます友の字は強く短く綴られており

「忘れないで誕生日くらい」何時になくしずかに娘はわれに言うなり

ドラえもんのメロディー弾む掛け時計息子《こ》の置きみやげとなりて厨に

子の心われには読めず階段を下りる音今日もとんとんとんと

貯金箱ふればカチャカチャ重くなく軽くもないかよい響きなり

ころりんと寝ころぶ畳コオロギはツツッツツツと部屋を横切る

光のなかに

水たまりも遊び場にして少年ら雨粒のごと跳ねているなり

石段の途中に木立あおぎ見る光と闇の程よく交ざる

おそらくはプールの時間境内の木立の間に声響きたり

玉砂利を踏みゆくあまたの靴の底人の音のみ聞こえる茅の輪

ざわざわと木々が騒げり大変だ大変なんだと言っているのか

造成をされし山肌すっきりと山吹色にまぶしく光る

クヌギ、コナラ、サクラもありし幻のごとく更地に夕日が迫る

柴犬が腰を下ろして見上げいる風の向こうに雲があるだけ

手のひらがある

駅を出てぐるっと見れば百日紅小花まぶしく湖へとつづく

片陰を探して歩く黒松の陰に土の香松ぼっくりが

ひと駅を歩けば長し近づいて離れていつも竹生島見ゆ

ゆっくりと慣れたシューズに従えりわれを頼りに歩く湖《うみ》の辺

誰もいぬ砂の楽園たいくつな犬の形の椅子がほほ笑む

手袋を脱いで小波をすくいとるくたっと透けて手のひらがある

シャッターを切る

葛の蔓つらつら伸びる川岸に屋形船浮く船べり乾き

グイグイと名前の知らぬ鳥がきて川面すれすれついに触れたり

運ばれているのだろうかどの道を行くも秋風茶の香りする

頼まれてシャッターを切る七人の高齢男子のチーズのポーズ

かっぽう着の人の呼ぶ声ふかし芋の切り口にゴマ二つ買いたり

いい香り水がきれいね長生きが出来そうなどと思う一日

「38便存続を」

若者が磁石にあつまるように来るオープン初日のフライドチキン

誰も居ぬテラスの椅子に脚に落つイブ・モンタンの枯葉のように

右肩の痛みも今は鈍りたり居座りしもの去りてゆくごと

「38便存続を」のポスターが貼られておりぬしずかなる町

豆腐屋の移動販売まどろみの中からにゅっと出てきたように

バス停に短き会話をする母娘空の青さがよく似合いたり

大阪のてっぺんへ

乗り換えの4番ホーム風を待つように佇む能勢の入り口

波の上揺れいる鴨はそのまんま洗われており絹延橋に

滝山の坂道長し高速のビッグハープよ手を振ってみる

屋根低きうぐいす色の駅舎より坂ふかくつづく鶯の森

西行の歌碑に詠まれし鼓滝瀬の音すれど滝見当たらず

多田駅に売店ありし小さいが重しのようにおばちゃんが居た

なにもかも呑み込むような夕暮れよ鴉《からす》が帰る空をひろげて

すぐそばに車庫の見えいる平野駅とおくに三ツ矢サイダーの碑が

一の鳥居二の鳥居へと導かれ古人《いにしえ》は妙見山へ

日暮れれば夕日の似合う畦野駅ゆったり満ちて屋根のしずまる

大和《だいわ》からみる能勢電の姿よし　しずかに強く谷底をゆく

ツートンの復刻車両が折り返す山下駅発妙見口ゆき

初夏《はつなつ》の日生中央駅前の風とおる道ツバメの住処

昆虫の宝庫のような笹部なり単線をゆく電車の音色

谷間よりエスカレーター上りきて光風台は風香る駅

三度ほど気温がちがう、ときわ台妙見口の一駅手前

大阪のてっぺんの駅妙見口ここより続く花折街道

ゆっくりと上るリフトに紫陽花は背伸びしておりくすくす笑う

終了と聞けばこんなに集まりぬケーブル乗り場につながる気持ち

ありがとう六十三年、紫陽花を家族のように思い出します
妙見ケーブル、リフト2023年営業を終了する

ガラガラポン

そういえばもう十二月そういえば赤唐辛子切らしたままで

手荷物は少ないほうが風に乗りスタスタ行ける年重ねれば

「あら元気」「あーらげんきよ」駅前に目を合わせつつ名前出で来ず

ガラガラポン七回出してみなハズレ不織布マスク七枚貰う

テーブルを買っただけなり閉店と聞けば行きたくなりぬ家具店

紅白が終わりいつもの除夜の鐘いつもと変わらぬ鐘の音なり

小さな命と

どどっーと上がりし電気、ガス料金想定外を思うこの冬

五個入りの薄皮パンが一つ減るまだ目に慣れず慣れるもさびし

新聞をめくれば音のカサカサと「自分に向き合う」ところで止まる

響き合う命の鼓動写真家の「小さな命と大地」の写真

こっち見てこっちこっちと絵手紙の握りずしたち競い合ってる

テレビではミサイル発射われは今油染み込む鍋を磨けり

エコキュート売りに来る人宅急便届けに来る人日はまだ高い

富有柿が平らに並んで届きたり端の隙間の柿らは立ちて

玄関の窓辺に能登のかざぐるま朝な夕なの風を待ちいる

改札口

通勤の電車に誰も着膨れて一人の時間あたためている

マスクから目を覗かせて向き合えば自分の顔が見えてくるなり

追い越さず追い抜かされず触れもせず改札口へ泳いでゆくよ

昼時を導かれるごとうどん屋へ今日は朝からキツネの気分

きさらぎの路上ライブの高音は風にひるまず持ちこたえてる

傍らに人がいること適度なるぬくみを保ち日暮れの電車

水の色

電光に人身事故のお詫びあり冬コートまだ着ている三月

人待てば過ぎてゆくものあまたあり雨音だけは離れずにいる

ふと耳に入りどこかへ出でゆくは坂本龍一春の雨かと

春風のつづきに聞こゆ長い長いコンテナ列車の通過する音

かもめ飛ぶクローバー摘む　水の色遠くにありて背伸びしてみる

雨の音玉すだれの音煮える音、青のビー玉コロコロまわる

石段の残る八段上りきり青銅深き釣鐘にあう

夕暮れの山へとつづく道のあり空にもありて鴉がとおる
ほがらかに夜の電車は走るなりよっしゃよっしゃと遠のいてゆく

鳥のくる場所

駅からも見える塔なり近づけば涙のように染みの筋あり

いつわりのないことだけは伝わりぬふしぎな顔の太陽の塔

鬼の顔みんな違ってどことなく似ている民族博物館

らしさとはどんなことかな池の面に鯉の影伸びぐいっと口が

もしかして森が動いているのかもこの架け橋はどこへゆくのだ

善と悪きれいに線を引くことはできるだろうか　人はしている

「人類の進歩と調和」　半世紀びくともせずに太陽の塔

鳥のくる場所なのだろう何を聴き話しているの太陽の塔

あとがき

タイトルの「ポケットに」は生まれ故郷（姫路市白浜町）を詠んだ連作の一首からとりました。故郷といっても五歳までの記憶しかありませんが、家の佇まいや漂う空気感は、私の原風景として心の中にあります。

昭和二十年代（一九五〇年代）平屋の木造住宅の一角にわが家はありました。窓からは人の行き来する様子が、自ずと私の幼い目にも映っていました。仕事に行く父の足取りは大股でその性格らしく、カツ、カツと引き締まった音を鳴らしていました。断片的な記憶がよみがえります。紙芝居、水飴、背後から「子捕《こと》りがくるよ」と母の声。

白黒写真には、縁側で下駄を履いた父が子供たちを挟むように座って煙草を吹かしています。どこかに連れて行ってもらったり、特別なことをしてもらったことはありませんが、特に不足も感じずに暮らしていました。昭和二十年代から三十年代の家族写真を見ていると、服装なんかで年々、暮らし向きも落ち着いてきているのを感じます。

数年前に私はこの土地を訪れました。半世紀以上経った町は、マンションが建ち並び、かつての家のあとは見違えるように、しずかで落ち着いていました。戸惑いもありましたが、一緒に行った五つ違いの兄は、所々に昔の名残を感じていたようです。散髪屋、風呂屋、校庭の銀杏の木など……。

私は小さかったせいか家の周りのことしか思い出せません。故郷は知らない町のようでした。しかし町を歩いていると、ふるさとの匂いを感じることができました。瀬戸内海の風を肌が覚えていたのでしょうか。

世帯を持った父の新たな生活は戦後の復興、経済成長と重なっています。コツコツと真面目に勤めに出て転勤もしました。家では日曜大工が好きで、家庭菜園が好きで、そしてワンパターンの、可笑しくもないオヤジギャグを、言っていたのを思い出します。

一九七〇年の大阪万博のときには「人類の進歩と調和」をスローガンとして、希望に満ち溢れた祭典を体験しました。そんな時代の流れに乗って良くも悪くも私は、自分らしく過ごすことができました。物やサービスが豊富になってゆくなか、自分の進路は悩みながらも見つけることが可能な時代でした。

父が九十二歳で亡くなったとき、父親らしい人生だったと思いました。しかしそれは私の思い込みで、私はどれほどのことを知っていたのかと……。戦争体験を語らなかった父の、語らなかった重みが私のなかで年々膨らんでいます。

学校帰りの子供たちのランドセル姿に、平穏な時の流れの大切さを感じています。それを崩すのは人であり、守っていくのも人です。

今、元気に暮らしている私にできることは、暮らしの中の小さな発見を積み重ねて、時々ポケットから出すようにして向き合っていくことです。

この歌集は、二〇〇〇年頃から最近までの二十数年間をおさめたものです。

Ⅰ章は、私が働いていたころで、晩年の両親との関りも交えています。Ⅱ章、Ⅲ章は、その後の時代の変遷と生活の独り言を、おおまかな時間順にまとめています。

「心の花」の足立晶子先生には、丁寧な助言をいただき、帯も引き受けてくださり、感謝申し上げます。「心の花」の先輩にも日頃のご指導をいただき、感謝申し上げます。

また今回は、共に励んでいる幾人もの友人に、支えていただきました。かけがえのない仲間に感謝いたします。みなさま、ありがとうございました。

二〇二五年一月

朝倉　恵子

ポケットに

2025年4月15日　第1刷発行

著　者　朝倉恵子《あさくらけいこ》

発行者　太田宏司郎
発行所　株式会社パレード
大阪本社　〒530-0021　大阪府大阪市北区浮田1-1-8
TEL 06-6485-0766　FAX 06-6485-0767
東京支社　〒151-0051　東京都渋谷区千駄ヶ谷2-10-7
TEL 03-5413-3285　FAX 03-5413-3286
https://books.parade.co.jp
発売元　株式会社星雲社（共同出版社・流通責任出版社）
〒112-0005　東京都文京区水道1-3-30
TEL 03-3868-3275　FAX 03-3868-6588
装　幀　藤山めぐみ（PARADE Inc.）
印刷所　創栄図書印刷株式会社

ISBN 978-4-434-35608-7　C0092